Helmut Steiner

Ein Schneckenmärchen

Helmut Steiner,

1956 in Krems an der Donau in Niederösterreich geboren, wuchs in einer Arbeitersiedlung am Stadtrand von Krems auf. Er studierte in Wien und verbrachte danach mehrere Jahre in Deutschland. Heute lebt er in Thürnthal (NÖ). In jungen Jahren als Musiker und Komponist aktiv, hat er über das Schreiben einen neuen Zugang zu kreativem Schaffen gefunden und bedient mit Lyrik, Kurzgeschichten und Romanen ein breites Spektrum der Literatur.

Hans Woertl,

Jahrgang 1963, absolvierte die Akademie der bildenden Künste in Wien. Zahlreiche Ausstellungen, Projekte im In- und Ausland und ein umfangreiches Oeuvre zeugen von der universellen Begabung und Schaffenskraft des kreativen Denkers. Er lebt und arbeitet in Wien und Engelsdorf (NÖ).

Helmut Steiner

Ein Schneckenmärchen

Erzählung

inspiriert von Renate Korineks Glasskulpturen

Illustrationen von Hans Woertl

literatur
thürnthal

Impressum

Bibliografische Information der Deutschen Nationalbibliothek:
Die Deutsche Nationalbibliothek verzeichnet diese Publikation in
der Deutschen Nationalbibliografie; detaillierte bibliografische
Daten sind im Internet über http://dnb.dnb.de abrufbar.

weitere Mitwirkende:
Umschlagabbildung © Bildrecht Wien 2021 Hans Woertl
Illustrationen © Bildrecht Wien 2021 Hans Woertl
Autorenporträt © HSP Helmut Steiner Productions

Herstellung und Verlag: BoD – Books on Demand, Norderstedt

ISBN: 978-3-7534-1649-6

Prolog

Jede Zeit hat ihren Höhepunkt, jede Zeit ihren Stachel. In diesem endlosen Meer von Beginn, Höhepunkt und Abstieg befindet sich auch der Untergang.

Der Stachel unserer Zeit ist die völlige Entwurzelung. Die Menschen haben sich angemaßt, als Herrscher der Natur aufzutreten. Sie sind jedoch Teil der Natur und somit der Logik der Natur unterworfen. Die Konsequenz ist die Rückführung der Menschheit in ihre eigenen Energien, die im Einklang mit dem Rhythmus der Natur sind. Daraus kann neue Kraft entstehen und sich ein neuer Zyklus entwickeln.

Wo sich Leid entwickelt, entwickelt sich auch das Wunderbare. Die Hoffnung, den Fluss dieser Bewegung durch eigene Kraft umzukehren, das Abgründige in das Wunderbare zu verwandeln, ist die Quelle für neue Energien.

Renate Korinek

Inhalt

I Robin

Eingepfercht in ein Korsett aus Eisenringen hing die gläserne Schnecke von der Decke des Ateliers. Durch eine Lücke im Dach drang ein Sonnenstrahl durch die spitze Spindel ihres Hauses, durchflutete ihren Körper und fächerte alle Farben des Lichtes in bunten Bögen an die Ziegelwände. Zufrieden bewunderte die Künstlerin ihr vollendetes Werk, nickte stolz und verließ die für ihre Arbeiten umgebaute ehemalige Scheune.

Inmitten grober, langer Zangen auf einer Werkbank im Zentrum des Stadels saß ein kleiner Roboter auf einer Metalldose und schielte misstrauisch auf die leuchtende Skulptur. Gelenke aus Metall verbanden Kopf, Rumpf, Arme und Beine des Kleinen.

„Ich bin auch aus Glas!", rief er zur Schnecke.

„So, so!", murmelte die Schnecke und versuchte, sich in ihrer Halterung in eine bequemere Position zu drehen.

Der Kleine sprang von der Dose, tippte aufgeregt mit den Fingern auf seinen Kopf und rieb seinen Bauch: „Aber innen bin ich nicht leer! In meinem Kopf steckt ein Computer, mein Herz ist ein Motor und in meinem Bauch trage ich einen Akku!"

Er drehte ihr den Rücken zu: „Siehst du die Solarzellen? Die laden meinen Akku!

„Ist ja toll!", ächzte die Schnecke.

„Mit dem Computer in meinem Kopf kann ich denken; so wie die Menschen. Ich bin künstlich intelligent! Du bist hohl, in dir ist gar nichts! Ein Wunder, dass du überhaupt sprechen kannst."

Die Schnecke lächelte gequält: „Wenn du so schlau bist, dann hilf mir hier raus!"

Auf Zehenspitzen versuchte der kleine Roboter die Eisenringe mit seinen Händen zu erreichen: „Es geht nicht. Ich bin zu klein. Selbst wenn ich die Ringe erreichte, wäre ich nicht stark genug, sie auseinanderzubiegen!"

„Dann lass dir was einfallen. Wenn du es schaffst, mich zu befreien, darfst du dir was wünschen!"

„Bevor ich meine Intelligenz bemühe will ich wissen, wer du bist und wie du heißt!"

„Nun, das ist ein wenig kompliziert. Aber in einfachen Worten würde ich sagen, dass ich eine Zauberschnecke bin und die Meisterin mir den Namen Hieronyma gab."

„Hieronyma? Mein Computer kennt niemanden, der so heißt! Aber wenigstens hat sie dir einen Namen gegeben!"

Er setzte sich auf die untere Leiste eines Bilderrahmens, der an der Werkbank lehnte: „Ich habe keinen richtigen Namen! Der Künstlerin ist noch kein passender Name für mich eingefallen. Sie denkt schon lange darüber nach und meine großen Brüder sagen immer nur „Kleiner" zu mir. Das gefällt mir überhaupt nicht!"

„Du hast größere Brüder?"

„Ja, sie sind mächtige und starke Riesen. Sie heißen Krios und Polos."

„Dann bitte deine Brüder doch einfach, dir zu helfen, mich zu befreien!"

Der kleine Roboter lief in den Garten und holte seine Brüder. Sie befreiten Hieronyma und legten sie vorsichtig auf die Werkbank.

Polos bog die Eisenringe wieder in ihre ursprüngliche Position und Krios knurrte: „Wenn du uns verrätst, war das dein erster und letzter

Blödsinn, Kleiner!"

„Keine Angst, ich kann schweigen wie ein Grab", flüsterte der kleine Roboter, als seine Brüder das Atelier verließen.

Hieronyma lag reglos am Tisch und der Kleine krächzte: „Und was jetzt? Was hast du jetzt von deiner Freiheit? Jetzt liegst du am Arbeitstisch blöd herum und siehst nicht mehr so viel wie vorher!"

„Jetzt? Jetzt bin ich frei und du darfst dir was wünschen!", sagte die Schnecke und schwebte über den Jungen.

„Du kannst fliegen?"

„Das siehst du doch! Was hältst du davon, wenn ich dir einen Namen gebe?"

„Kommt drauf an!"

„Worauf kommt es an?"

„Ob er mir gefällt oder nicht! Wenn er mir nicht gefällt, will ich ihn nicht haben!"

Hieronyma kreiste mit der Spitze ihres Hauses um seine Nase: „Ich nenne dich Robin!"

„So wie Robin Hood?"

„Ja!"

„Cool!"

„Gut Robin! Jetzt wünsch dir was!"

Der Kleine stakste um die Werkbank: „Meine CPU ist heiß vom vielen Denken."

Nach der vierten Runde hielt er an und rief: „Ich hab′s!"

„Na endlich!", seufzte die Schnecke.

„„Ich will so reich und so mächtig werden wie Jeff oder Bill oder Elon oder Marc! Du kennst die doch, diese Milliardäre!"

„Natürlich kenne ich die. Ich kenne sie alle", flüsterte Hieronyma enttäuscht, „jeder kennt die!"

„Na dann mach′ das doch! Ich habe nicht mehr viel Zeit, mein Akku ist fast leer und ich komme nicht mehr nach Hause!"

Die Schnecke schwebte hoch in die Dachbalken: „Um den Akku brauchst du dich nicht zu sorgen."

Sie entließ einen blauen Lichtstrahl auf Robins Rücken und schwebte vor seine Beine: „Bevor ich das mache, möchte ich dir was zeigen! Setz dich auf mein Haus. Wir machen eine Reise!"

„Eine Reise? Super! Ich wollte schon immer verreisen!", jubelte Robin und kletterte auf Hieronymas Haus.

II Jersey

Sie flogen über Hügel, Wälder, Berge, Täler, Flüsse, Dörfer und Städte bis an die Küste.

„Das ist der Ärmelkanal", erklärte Hieronyma, „Wir fliegen zu einer Insel im Kanal."

„Komischer Name. Wieso heißt das Meer hier so?"

„Weil die Enge zwischen Frankreich und Großbritannien auf der Landkarte wie ein Ärmel aussieht. Diese Wasserstraße verbindet die Nordsee mit dem Atlantik."

Hieronyma segelte über die Kanalinsel Jersey und zog im Sinkflug über den Hafen der Inselhauptstadt Saint Helier.

„Wem gehören diese schönen, großen Schiffe im Hafen?"

„Ihre Eigentümer sind Milliardäre. Wenn du dann reich und mächtig bist, wirst du auch so ein Schiff haben wollen."

„Keine schlechte Idee! Die haben sogar Swimmingpools am Deck und hübsche Frauen, die darin planschen!"

„Wo sind die Männer eigentlich?"

Die Schnecke flog erst ein Stück an der Küste der Insel entlang und drehte dann ins Landesinnere zu weitläufigen Rasenflächen ab.

„Die spielen doch irgendetwas mit den Schlägern und den kleinen Bällen! Was spielen die da?"

„Sie spielen Golf. Du musst den Ball mit möglichst wenigen Schlägen in ein kleines Loch verfrachten."

„Die spielen aber gar nicht, die reden nur! Worüber reden sie?"

„Die unbedarften unter ihnen reißen derbe Scherze, prahlen mit ihrem Reichtum und drohen ständig, ihre Widersacher zu vernichten. Sie überlassen ihre Geschäfte den Beratern, die da unten im Restaurant auf der Terrasse diskutieren. Die anderen reden selbst über Geschäfte, die ihren Reichtum ins Unermessliche steigern. Siehst du die Männer in der runden Rasenfläche um das Loch?"

„Na sicher, warum?"

„Sie vereinbaren die kurzfristige Stilllegung von Kupfer- und Kobaltminen in Afrika, weil der

Preis für diese Rohstoffe fällt. Dadurch erzeugen sie einen Mangel am Markt und die Preise steigen dann stark an. So erzielen sie über einen längeren Zeitraum gesehen wesentlich mehr Profit. Da sie sich damit aber nicht begnügen, steigern sie die Fördermengen für hochpreisige Bodenschätze auf anderen Kontinenten. Das wollen sie eben jetzt in Südamerika machen."

„Klingt gar nicht so kompliziert. Ist aber echt öd!"

„Wenn du reich bist, musst du ab und zu hier Golf spielen, dir die wahnwitzigen Sprüche anhören und dabei deinen Anteil an den Schätzen der Erde vergrößern. Das mehrt dein Vermögen und festigt deine Macht. So bleibst du immer reich und Arme bleiben arm."

„Ich will hier weg. Das Spiel ist langweilig!"

„Gut. Aber bevor wir weiter ziehen, sollst du noch wissen, wo du deine Reichtümer am besten versteckst."

Hieronyma zog eine Schleife über die Insel und schwebte über eine kleine Stadt an der Küste:

„In diesem Städtchen gibt es mehr als zweihundert Banken und zwanzigmal so viele Firmen wie Einwohner. In manchen Häusern und Wohnungen sind Dutzende Unternehmen gemeldet."

„Wieso erzählst du mir das? Es interessiert mich überhaupt nicht!"

„Weil du hier keine Steuern zahlst und deine Gewinne auch hierher schaffen musst, wenn du reich und mächtig bist! Es gibt aber noch viele andere Inseln, wie diese hier. Die meisten von ihnen gehören der Königin von Großbritannien."

„Ich will nichts mehr darüber wissen! Lass uns endlich weiter fliegen!"

III Atlantik

„Ist das jetzt ein richtiger, großer Ozean?"

„Das ist der Atlantik, ein mächtiger Ozean!"

Am Horizont offenbarte das Meer, dass die Erde rund ist und Robin staunte über seine Weite.

Ein Frachtschiff unter ihnen erregte seine Aufmerksamkeit: „So viele bunte Bausteine!"

„Das sind Container", widersprach Hieronyma, „in den Containern sind Waren, die rund um den Erdball transportiert werden!"

„Ah ja, ich habe in meiner Datenbank gefunden, was ein Container ist und was er so enthält. Der Rechner in meinem Kopf war auch einmal in einem Container. Schade. Ich dachte, die Büchsen wären zum Spielen da."

„Dieses Schiff kommt aus Hamburg und fährt zum neuen Container-Hub nach Tanger in Marokko."

„Wieso müssen so viele Waren über den Ozean verschifft werden?"

„Das ist immer eine Frage des Profits. Es geht um die Verfügbarkeit billiger Rohstoffe, billiger Arbeitskraft und um niedrige bis gar keine Steuern. Wenn du dann reich und mächtig bist, wirst du Tausende Container haben, vielleicht sogar große Schiffe wie dieses vierhundert Meter lange Frachtschiff da unten. Viele der Männer am Golfplatz haben solche Frachtschiffe; nicht nur für Container, auch für Erdöl, Nahrungsmittel, Erze und Rohstoffe aller Art, aber auch für fertige Waren wie Autos, Waffen und technischen Kram."

„Toll. Wenn ich reich bin, kann ich also doch mit den bunten Dosen spielen!"

„Die Sache hat nur einen Haken!"

„Welchen Haken?"

„Das Spiel schadet Mutter Erde. Diese Schifffahrt verschmutzt die Meere und verpestet die Atmosphäre."

„Ich muss ja nicht atmen. Und du auch nicht."

„Aber du kannst deine Waren nicht mehr verkaufen, wenn es den Menschen schlecht geht!"

„Das wird schon wieder kompliziert. Ich mag keine komplizierten Sachen!"

Hieronyma flog zur Küste: „Die Sonne geht unter und es wird bald dunkel sein. Ich fliege nicht gerne durch die Finsternis. Wir werden die Nacht an einem Strand verbringen."

Sie ließen sich an einer windgeschützten Stelle hinter einer Düne nieder, wo niemand sie sehen konnte.

Entsetzt zeigte Robin auf Plastikflaschen, Kunststoffreste und schwarze Klumpen, die im Sand verteilt lagen: „Der Strand hier gleicht einer Müllhalde!"

„Vieles von dem, was die Menschen ins Meer werfen, bringen Strömung, Wind und Wellen wieder zurück. Aber leider nicht alles", seufzte Hieronyma.

Im letzten, spärlichen Licht der Dämmerung stelzte ein Vogel durch den Unrat und schluchzte leise.

Robin lief zu ihm: „Hallo Vogel! Wieso weinst du?"

„Weil ich nicht mehr fliegen kann und ganz alleine bin. Meine Familie und alle meine Freundinnen sind gestern zu ihren Nistplätzen im hohen Norden aufgebrochen!"

„Was hängt da für Zeugs an deinen Federn?"

„Es ist die schwarze Pest, die aus großen Schiffen rinnt, wenn sie leck sind oder ihre Tanks ge-

spült werden. Sie verklebt meine Federn an den Flügeln und ich kann nicht mehr fliegen!"

„Warte hier, Vogel, ich frage die Zauberschnecke, ob sie dir helfen kann!"

Er rannte zu Hieronyma und bedrängte sie, dem Vogel zu helfen.

„Du darfst meine Zauberkräfte nicht verraten! Das könnte uns beiden rasch zum Verhängnis werden!", schalt ihn die Schnecke.

„Kannst du nicht nur dieses eine Mal eine Ausnahme machen?"

„Das muss ich jetzt wohl, nachdem du mich verraten hast!"

Hieronyma schwebte zum Vogel und ließ das Licht der Sterne über das Gefieder des Vogels gleiten. Dickes Öl und Teer tropften in den Sand und die Federn schimmerten in bunten Farben.

Der Vogel breitete seine Flügel aus und flatterte über die gläsernen Gefährten: „Oh, ich danke euch beiden!", rief er, erhob sich hoch in die Lüfte und verschwand in der Dunkelheit am offenen Meer.

IV Afrika

Schon früh am Morgen brachen sie auf, flogen über die Sahara, über Savannen und über die tropischen Regenwälder des Kongobeckens.

„Wohin fliegen wir?"

„Zu Kupfer- und Kobalt-Minen der Demokratischen Republik Kongo. Du erinnerst dich doch an die drei Männer am Golfplatz, die über diese Minen gesprochen haben?"

„Sicher erinnere ich mich. Denen gehören die Minen!"

„Wir sind bald da. Wir sind bereits in der Provinz Lualaba und die Minen sind nahe der Stadt Kolwezi, die vor uns liegt."

Hieronyma schwebte über die Stadt.

„Sieh nur! Ein Lastwagen steckt in einem Loch in der Straße!"

„Das passiert hier ständig. Die ganze Stadt ist durchlöchert und unterhöhlt, weil die Bewohner hier selbst nach Bodenschätzen graben. Das dürfen die zwar, aber eigentlich nur in dafür ausgewiesenen Arealen. Hier buddeln sie illegal und unter halsbrecherischen Bedingungen. Jeden Tag gibt es in dieser Gegend Tote und Verletzte."

„Warum machen die das, wenn es so gefährlich ist?"

„Sie kommen in der Landwirtschaft oder in anderen Bereichen nicht unter. Selbst wenn sie einen anderen Job bekämen, könnten sie davon schlecht leben. Alle hoffen sie auf reiche Funde, doch im Endeffekt bleiben ihnen bestenfalls ein bis zwei Euro pro Tag. Damit finden Familien das Auslangen, vorausgesetzt alle helfen mit, auch die Kinder."

Tausende Arbeiter lagerten vor den geschlossenen Toren einer riesigen Mine unweit der Stadt. Einige demonstrierten in lautstarken Sprechchören vor dem Haupteingang.

„Die Männer am Golfplatz sprachen gestern von der vorübergehenden Schließung dieser Mine, um die Preise für Kupfer und Kobalt in die Höhe zu treiben. Wie du siehst, lassen die Sicherheitskräfte schon heute niemanden mehr rein. Die Menschen, die hier beschäftigt sind, werden vergleichsweise gut bezahlt. Aber wenn sie nicht arbeiten dürfen, bekommen sie keinen Lohn. Sie und ihre Familien haben dann ein Problem."

Die Reise führte weiter über kahle Hänge, Abraumhalden und tief zernarbte Täler: „Jahrzehnte lang tobten hier Kriege, Konflikte und Stammeskämpfe, die in Völkermord endeten. Dieses Land ist so reich an Bodenschätzen, dass alle hier in Frieden leben könnten, doch die Schürfrechte werden von korrupten Machthabern gegen Waffen getauscht und Beamte bereichern sich mit Schmiergeldern, anstatt auf das Wohl der Menschen hier zu schauen."

Sie folgten einer Sandstraße, einer schlecht befestigten Piste, die sich über grasbewachsene Hügel mit Buschwerk und vereinzelten Bäumen zog. Lastwagen und Pick-ups quälten sich über tiefe Furchen und Löcher zu einem Bergrücken hoch. Wald gab es keinen. Immerhin lag Kolwezi in einer Seehöhe von tausendfünfhundert Metern und die Stadt war mittlerweile weit unter ihnen.

Hinter der Anhöhe gähnte der Krater einer aufgelassenen Mine. Seine breiten, stufenförmig angelegten Terrassen glichen einem Amphitheater für Giganten mit Blick auf eine kahle Bühne. Doch weder Schauspieler noch Gladiatoren tummelten sich im Zentrum des Kraters. Die Vorstellung lief außerhalb des Theaters auf den Abraumhalden des alten Tagebaus. Dutzende Kleinbergbauern durchwühlten die Halden nach Schätzen, die Jahre zuvor noch als wertlos erachtet und hier entsorgt wurden.

Unweit der Schutthänge lag das Dorf der Schürfer. Neben Hütten aus ungebrannten Lehmziegeln mit Wellblechdächern standen einige neue Häuser, die von einer chinesischen Bergbaugesellschaft errichtet wurden, um Familien aus ihren Schürfgebieten auszusiedeln und hierher zu verpflanzen. Sie waren vor der Wahl gestanden, zweitausendfünfhundert Dollar zu nehmen und zu verschwinden oder in ein neues Haus zu ziehen, das die Gesellschaft für sie bauen würde. Vielen erschien der Vorschlag mit dem Haus lukrativer zu sein, doch sie wurden betrogen. Obwohl versprochen, gab es in den Häusern weder Wasser noch Strom. Es spielte auch keine Rolle, dass die Pumpe des Dorfbrunnens nicht funktionierte, denn das Wasser war verseucht und ungenießbar.

Am Platz vor dem Dorf herrschte geschäftiges Treiben. Frauen und Männer karrten Säcke und

Körbe mit Erz zu primitiven Balkenwaagen, die vor Pritschenwagen, Transportern und Lastkraftwagen standen und an denen lauthals gestritten und gefeilscht wurde. Kräftige Männer zerrten die gewogenen Säcke über Rampen auf die Ladeflächen.

Die Fahrer der Lastwagen kauerten im Schatten von Bretterbuden, in denen allerlei Waren feilgeboten wurden, stillten ihren Durst mit Bier oder schliefen ihren Rausch aus. Der Zugang vom Dorf zu den Abraumhalden wurde von jungen, bis an die Zähne bewaffneten Burschen bewacht. Sie forderten Tagesgeld für den Zutritt zum Abraum von den Dörflern und lieferten diese Einnahmen bei den Budenbesitzern ab, die sie mit einem geringen Teil der Einnahmen und mit Alkohol entlohnten. An einem Teich zwischen den weitläufigen Schutthängen und dem Dorf tummelten sich Kinder, die an den Hängen grobe Gesteinsbrocken von ihren Eltern und Geschwistern übernahmen und zur Wasserstelle schleppten.

„Die Fahrer bringen die Säcke mit dem Erz zu lokalen Zwischenhändlern, die es an Handelsgesellschaften verkaufen und wie das Erz aus den großen Minen an die Aufbereitungsanlagen in

Lubumbashi verfrachten. Der Großteil dieser Gesellschaften gehört den Konzernen, die auch die Minen betreiben. Beinahe ein Sechstel der Kobaltproduktion stammt aus dem Kleinbergbau. „Artisanal" nennen die großen Firmen und die Börsen diese Art des Bergbaus. Ein schönes Wort, mit dem sich die Plackerei der Armen gut verdecken lässt. Schon die kleinsten Händler hier kennen die tagesaktuellen Preise der London Metal Exchange Börse und sie entlohnen die Leute aus dem Dorf nach diesem Kurs. Ein sehr einträgliches Geschäft, wenn die Menschen hier für ein bis zwei Euro am Tag schuften", flüsterte Hieronyma.

„Ich will auf den Platz runter! Ich will wissen, was es in den Läden zu kaufen gibt!", quengelte der kleine Roboter.

„Nicht so laut!", mahnte die Schnecke, „siehst du nicht, dass die Wächter betrunken sind? Sie schießen gerne und oft! Wir fliegen zu den Kindern am Wasser. Wenn du willst, kannst du mit ihnen reden."

„Oh, das würde ich gerne, aber ich verstehe nicht, was sie sagen. Mein Sprachmodul streikt!"

Hieronyma half ein wenig nach und landete am

Rand des Teichs: „Jetzt wird es klappen! Geh nur."

Die Kinder erschraken, als Robin auf sie zu wackelte. Sie ließen die Steine fallen, die sie zum Wasser tragen wollten und versteckten sich hinter einem Felsen.

„Fürchtet euch nicht. Ich bin nur ein kleiner Roboter!", rief Robin.

Ein Mädchen war am Ufer sitzen geblieben und summte ein Lied. Neugierig betrachtete sie ihn: „Wieso bist du durchsichtig?"

„Ich bin aus Glas!"

Das Mädchen kicherte und zeigte auf Robins Beine: „Ich habe noch nie eine Flasche gesehen, die laufen kann!"

„Eine Flasche hat auch keine Beine und in einer Flasche steckt auch kein Motor, der die Beine bewegt", sagte Robin und tippte stolz auf seine Brust.

„Wenn du nicht böse oder garstig bist, darfst du dich zu mir setzen. Ich heiße Elikia", sagte das Mädchen.

„Mein Name ist Robin und meine Reisegefährtin heißt Hieronyma. Sie zeigt mir die Welt."

„Du meinst die Schnecke?"

Er nickte und setzte sich zu ihr: „Wieso schleppen die Kinder Steine zum Wasser?"

„Das sind keine gewöhnlichen Steine! Das ist Erz! Wenn es sauber ist, also keine Erde oder Sand daran klebt, bekommen wir Geld dafür. Manchmal mehr, aber oft auch sehr wenig. Von diesem Geld kaufen wir Lebensmittel und Wasser."

Sie rollte einen schweren Klumpen vom Ufer ins Wasser und rieb Lehm und Sand von ihm: „Ich wasche das Erz, siehst du? Aus dem grünen Anteil wird Kupfer und aus dem kleinen schwarzen Fleck wird Kobalt!"

„Verstehe. In mir steckt auch viel Kupfer und in meinem Akku ist Kobalt. Das muss so sein, weil ich kein Mensch bin, sondern ein Roboter!"

Zaghaft wagten sich drei Buben vor den Felsen und schlichen zu Elikia und Robin.

„Kommt zu uns!", rief das Mädchen und wandte sich wieder Robin zu: „Das sind meine Brüder. Unsere Mutter gräbt drüben am Hang und sie bringen mir das Erz zum Waschen!"

„Und wo ist euer Vater?"

„Unser Vater ist verschwunden. Er wurde in eine Fehde verwickelt und von Rebellen verschleppt. Wir wissen nicht, ob er noch am Leben ist", sagte Elikias ältester Bruder.

„Wo ich herkomme, gehen Kinder in die Schule! Wieso seid ihr nicht in der Schule?"

„Meine Schwester geht zur Schule", erklärte Elikia, „wir können es uns nicht leisten, auch zur Schule zu gehen. Unsere Mutter muss der Schule Gebühren zahlen, dass sie die Lehrer entlohnen kann. Die Schule bekommt kein Geld von der Regierung, also müssen die Eltern für den Unterricht zahlen. Aber unsere Schwester ist lieb! Wenn am Abend noch Zeit bleibt, lernt sie uns Lesen, Schreiben und Rechnen."

„Ich male gerne mit den schönen, bunten Stiften!", rief der große Bruder begeistert.

„Und ich würde lieber spielen, als zur Schule zu gehen oder zu arbeiten!", krächzte der kleinste der Brüder.

„Was würdest du denn gerne spielen?", fragte Robin.

„Fußball!", riefen die drei Buben im Chor.

„Am Abend, wenn die Händler weg sind, spielen wir mit den anderen Kindern!", rief der dritte Bruder, „aber wir haben keinen richtigen Ball. Unser Plastikball ist kaputt. Wir haben Zeitungspapier in ihn gestopft und ihn verschnürt. Er rollt nicht gut und schmerzt beim Schießen!"

„Aber ihr spielt erst nach dem Abendessen!", rügte Elikia sie, „Oma kocht heute Fufu für uns!"

Den Brüdern lief das Wasser im Mund zusammen: „Na sicher! Wir haben jetzt schon Hunger!"

„Mutter wartet schon! Wir müssen jetzt weiter machen, sonst bringen wir unseren Sack nicht voll, bevor die Händler abfahren", mahnte der große Bruder.

Elikia rollte das gewaschene Erz aus dem Wasser und schnappte sich den nächsten Brocken: „Willst du am Abend mit uns essen? Fufu ist ein Brei aus Maniokwurzeln und schmeckt köstlich!"

„Danke, das ist sehr lieb von euch! Aber Roboter essen nicht. Außerdem weiß ich nicht, ob Hieronyma weiterreisen will!"

Hieronyma flog zu den Kindern: „Lauft schnell zu eurer Mutter und versteckt euch! Fremde Soldaten sind am Weg hierher!"

Als im Dorf Schüsse fielen, hatten sich die Kinder mit ihrer Mutter in einem kleinen, mit Holzbalken gestützten Stollen am Hang versteckt, Robin saß auf Hieronymas Schneckenhaus und sie kreisten außerhalb der Reichweite der Gewehre über dem Dorf. Die Dorfbewohner waren in ihre Hütten geflohen. Einer der Wächter lag am Boden und blutete. Seine Kumpane knieten mit erhobenen Händen neben ihm. Milizsoldaten standen mit ihren Gewehren im Anschlag am Platz und zwangen Händler und Fahrer die Säcke mit Erz von den Ladeflächen zu werfen. Die Ladenbesitzer verhandelten mit dem Anführer der Söldner und steckten ihm Geldbündel zu.

„Was ist da unten los? Wieso überfallen die Soldaten das Dorf?"

„Die Miliz wurde vom Management der geschlossenen Mine angeheuert. Die Konzernchefs gaben die Anweisung, auch den Handel mit den Kleinbergbauern auszusetzen, um die Preise für Kupfer und Kobalt noch höherzuschrauben."

„Es ist so traurig", seufzte Robin, „die Kinder werden hungern!"

„Viele Kinder hungern in diesem Land. Es kommt einfach nicht zur Ruhe. Das ist wirklich traurig!"

„Die Konzerne schauen nur auf ihre Gewinne! Das ist so ungerecht!", schrie Robin zornentbrannt.

Hieronyma flog entlang der Halden, vorbei am

Versteck Elikias. Die Kinder winkten aus dem Stollen. Robin verbarg Trauer und Zorn hinter einem milden Lächeln und erwiderte ihren Abschiedsgruß.

V Südamerika

Die Reise führte über Sambia und Malawi nach Mosambik und Hieronyma erzählte Robin viele Geschichten zu den Problemen der afrikanischen Staaten nach der Ausbeutung durch die Kolonialmächte Belgien, Großbritannien und Portugal, Geschichten über jahrzehntelange Bürgerkriege, Diktaturen, Korruption, Not, Elend und Hunger der Bevölkerung. Nachdem sie die Nacht an der Küste von Mosambik nördlich der Stadt Pemba verbracht hatten, brachen sie früh auf, überquerten den Indischen Ozean, Australien und den Pazifik.

„Das hier ist Südamerika. Wir sind jetzt über den Anden und über dem Dreiländereck von Bolivien, Chile und Argentinien. Hier sind riesige Salzseen und tief in ihnen, unter einer zwanzig Meter dicken Kruste lagert das weiße Gold der kommenden Jahre. Lithium!"

„In meinem Akku ist auch Lithium!", sagte

Robin.

„Die Rohstoffkonzerne und die Autoindustrie keilen um die Ausbeutung dieser Ressource, weil sie für die Akkus von Millionen Elektrofahrzeugen benötigt wird. Die Staaten versuchen an der Wertschöpfung mitzumischen, aber sie verfügen nicht über die nötige Technik, haben kein Geld für Straßen- und Kraftwerksbau und sind daher erpressbar. Den indigenen Völkern bleibt nur Land ohne Wasser, Dürre und der Verlust ihrer landwirtschaftlichen Lebensgrundlagen."

„Wieso bleibt nur die Dürre?"

„Weil die Gewinnung einer Tonne Lithium zwei Millionen Tonnen Wasser benötigt, das erst in vierzig Meter Tiefe gespült und dann versetzt mit giftigen Chemikalien auf große Verdunstungsflächen gepumpt wird. Das Hochplateau hier in den Anden ist eines der trockensten Gebiete der Erde. Bis den Menschen, die das hier begriffen haben und die sich dagegen wehren, Gehör geschenkt wird, ist die Ausbeutung längst gelaufen."

„Wieder werden die Reichen dadurch noch reicher und die Bevölkerung bleibt arm und auf der Strecke?"

„So läuft das Spiel, mein kleiner Schlaumeier. Ich zeige dir noch die Silberstadt. Sie liegt nördlich von hier und ist in viertausend Metern Höhe eine der höchstgelegenen Städte."

Sie flogen über karges, kahles Hochland bis zur Stadt Potosi.

„Silber machte Potosi einst zur reichsten Stadt der Welt. Aus der Prägung der Silbermünzen hier entstand das „S" des Dollarzeichens. Angeblich hat der Cerro Rico, der Berg mit den Silberminen bislang acht Millionen Menschenleben gefordert. Silber gibt es heute kaum mehr, die Bergleute fördern heute Zink und Zinn."

Robin staunte: „Die Minen am Berg liegen noch viel höher als die Stadt!"

„Ja, die sind in fünftausend Meter Höhe."

„Hier schließt sich der Bogen zu unseren drei Herren am Golfplatz in Jersey. Eine Tochterfirma ihrer Konzerne beutet die wichtigsten Minen hier aus. Was übrig bleibt, schürfen lokale Kooperativen unter widrigsten Bedingungen und die Firma kauft auch das auf. Viele Bergleute sterben bei Unfällen unter Tage oder erkranken durch den Kieselstaub in ihren Lungen schon ab dreißig an Silikose. Kein Europäer würde den Mangel an

Sauerstoff in dieser Höhe und in den Gruben ertragen. Dazu kommen noch die Schwefeldämpfe und die Hitze mit vierzig Grad unter Tag. Die Bergleute kauen den ganzen Tag über Kokablätter, um die harte Arbeit zu ertragen und den Staub von ihren Lungen fernzuhalten. Einmal im Jahr opfern sie Mutter Erde, ‚pacha mama' ein Lama, um sie gnädig zu stimmen."

„Sieh nur! Da arbeiten wieder Kinder!"

„Ja, leider!", seufzte Hieronyma.

„Ich will wissen, was die Kinder im Berg machen! Kannst du mich runterbringen?"

Neben ausgedienten, verrosteten Grubenhunden nahmen zwei Buben in braunes Papier gewickelte Stangen aus einer Holzkiste und steckten sie in ihre aus Wolle gewebten Umhängetaschen.

Robin gesellte sich zu ihnen: „Hallo Jungs! Ich bin Robin, ein Roboter!"

Die Buben lachten ihn aus: „Du siehst aus, als wärst du aus einem Comicheft gehüpft!"

„Ha, ha! Sehr witzig!", brummte Robin und griff nach einer Stange in die Kiste.

„Vorsicht!", schrie der Jüngere und Robin zog seine Hand zurück.

„Das ist Dynamit. Wir kaufen es am Markt in

der Stadt", erklärte der Ältere.

„Wozu braucht ihr das Dynamit?"

„Wir krabbeln in die Gänge, die für die Großen zu eng sind, graben kleine Löcher in den Berg und stecken die Dynamitstangen hinein."

Er zog eine Zündschnur aus seiner Wolltasche: „Dann zünden wir sie und kraxeln wieder raus, so schnell wir können!"

„Das ist doch gefährlich!", meinte Robin.

„Nicht für uns! Wir sind Profis!", prahlte der Ältere.

„Wir gehen jetzt rein."

„Darf ich mitkommen?", bettelte Robin.

„Ja, aber nur das erste Stück. Dann gehst du wieder raus. Du bist zu langsam. Die Explosion würde dich in Stücke reißen!"

Der Jüngere grinste boshaft: „Dann bist du kein Roboter mehr, sondern nur mehr ein Scherbenhaufen!"

Nach etwa hundert Metern wurde der Stollen breiter und an einer Seite waren Steine zu einem kleinen Altar geschichtet. Die Knaben kramten eine Zigarette, mehrere Zigarrenstummel, ein Stück hartes Brot und Kokablätter aus ihren Taschen und legten alles in eine Steinschale vor dem Altar.

„Was macht ihr da?", fragte der kleine Roboter.

„Wir bringen Tio Opfer dar, dass er den Stollen nicht einstürzen lässt!", entgegnete der Ältere, zündete die Zigarette an und legte sie an den Rand der Schale.

„Wer ist Tio?"

„Tio ist ein böser Teufel, der im Berg sein Unwesen treibt. Unsere Gaben werden ihn besänftigen", flüsterte der kleine Junge.

„Und jetzt verschwinde!", fuhr der Große Robin an.

Robin lief aus dem Stollen und wartete vor dem Eingang.

Ein dumpfer Knall dröhnte aus der Mine. Wenig später traten die Buben staubbedeckt aus dem dunklen Schlund, holten eine Schnapsflasche aus ihrem Versteck zwischen Felsbrocken und taten einen kräftigen Schluck.

„Ihr seid doch noch viel zu jung für Schnaps!", mahnte Robin.

„Das geht dich überhaupt nichts an, Kleiner. Also halte deinen Mund, sonst hagelt es Hiebe! Unser Vater hat mit zwölf auch schon gesoffen."

„Ihr könnt das Dynamitspiel doch nicht ewig machen! Was wollt ihr einmal werden, wenn ihr erwachsen seid?"

Sie nahmen noch einen Schluck Schnaps und versteckten die Flasche wieder: „Wenn wir groß sind, haben wir viel Geld und wir kaufen uns Kokafelder. Dann ist Schluss mit der Plackerei und wir werden angesehene, reiche Männer sein! Jetzt verschwinde und lass uns in Ruhe!"

Robin trollte sich enttäuscht zu Hieronyma: „Die beiden sind sehr roh und unfreundlich!"

„Sei nicht verzagt. Es gibt viele Jugendliche, die so werden wie die Stadt, in der sie leben; brutal und roh. Komm, lass uns weiterziehen!"

VI Amazonien

Überall brannte der Regenwald. Flammen loderten aus dem Dschungel unter ihnen und bis an den Horizont stiegen unzählige Rauchsäulen aus den Wäldern.

„Wieso brennt der Wald an so vielen Stellen?", fragte Robin.

„Wo nicht offiziell gerodet werden darf, werden Brände gelegt, um das so gewonnene Land landwirtschaftlich nutzen zu können. Dadurch wird der Lebensraum für Tiere und Waldbewohner unwiederbringlich zerstört und der Einfluss auf die Atmosphäre und das Klima ist katastrophal!"

An kahlen Flächen zwischen den Baumriesen rodeten riesige Maschinen den Waldboden.

„Was meinst du mit ‚nutzen'?"

„Hier unten wird auf der Asche Gras wachsen und Tausende Rinder werden hier weiden. Weiter im Osten entstehen große Plantagen mit Ölpal-

men, Soja, Kaffee und Bananen. Wieder sind hier Milliardäre und Spekulanten am Werk, um sich zu bereichern. Die landwirtschaftlichen Produkte werden weltweit vermarktet. Der Boden ist rasch ausgelaugt, dann wird mit chemischen Keulen und Kunstdünger weiter gewirtschaftet. Auch das ist ein lukratives Geschäft."

„Und wer kauft das alles?"

„Ob Schokolade, Lippenstift, Seife, Kuchen oder Suppe, jedes zweite Produkt in den Supermärkten enthält Palmöl. Auch im Biotreibstoff an der Zapfsäule ist es beigemengt! Zwanzig Millionen Hektar Regenwald wurden rund um den Äquator bereits niedergemetzelt. Die artenreichsten Regionen der Erde sind dem Geschäft der Lebensmittelindustrie zum Opfer gefallen!"

„Das ist echt krass!", schimpfte Robin.

„Noch krasser ist, wie die Betreiber der Plantagen mit den Arbeitskräften und deren Kindern umgehen. In Malaysia zum Beispiel leben etwa hunderttausend Kinder, die auf Plantagen geboren wurden. Der Staat schert sich nicht um sie, sie sind staatenlos und haben damit keinen Zugang zu Schulen oder medizinischer Versorgung. Ihre einzige Bestimmung ist es, ihren Eltern bei der

Ernte zu helfen. Wenn du willst, zeige ich dir, wie es auf solchen Plantagen zugeht!"

Robin schluchzte: „Nein danke! Ich habe genug vom Elend gesehen. Ich will nach Hause!"

„Gut, wie du willst. Aber am Heimweg legen wir einen kurzen Zwischenstopp in Italien ein. Ich muss dir noch etwas zeigen."

„Aber nur ganz kurz! Versprochen?"

„Versprochen!"

VII Roberta

In einem Hinterhof, nur wenige Meter entfernt vom Touristenstrom entlang der Kanäle, abseits der Geschäfte mit den typischen bunten Glasfiguren und Trinkgläsern, die Reisende gerne als Mitbringsel erwerben, saß Meister Paolo in seiner Werkstatt und tüftelte an der Technik für sein neues Werk, den gläsernen Mammon. Neben den auf der Werkbank ausgebreiteten Plänen stand ein kleines, zierliches, gläsernes Mädchen und folgte neugierig den Bleistiftstrichen des Meisters.

„So wird das nicht klappen, Meister! Die Welle ist zu dünn, sie wird sich unter der Last des Kopfes verbiegen!"

„Danke Roberta! Das sehe ich auch. Aber eine dickere Welle verunziert den Rumpf!"

„Du könntest ..., pah!"

„Was ist, hat es dir die Sprache verschlagen?", fragte der Meister.

„Sieh nur!", rief Roberta.

Mit Robin auf ihrem Haus schwebte Hieronyma durch das offene Fenster des Ateliers und ließ
sich auf der Werkbank nieder.

Paolos Bleistift entglitt seiner Hand und rollte
auf Hieronyma zu: „Non posso crederci! Wer seid
ihr?"

„Ich bin Hieronyma und der junge Herr auf
meinem Haus ist Robin!"

Robin hörte nichts mehr und außer dem Mädchen sah er auch nichts mehr. Er stieg von der
Schnecke, ging auf Roberta zu und starrte sie an.

„Kannst du mich nur anglotzen, oder kannst
du auch sprechen?", entfuhr es dem Mädchen.

„Na- na- natürlich ka- kann ich sprechen!",
stotterte Robin.

„Das ist doch toll! Erzähle mir alles über dich
und die fliegende Schnecke!", jubelte Roberta.

Sie nahm Robin an der Hand, sprang mit ihm
auf ein Sofa neben dem Tisch und redete wie ein
Wasserfall auf ihn ein.

„Wo kommt ihr her?", fragte Paolo.

„Wir kommen aus Südamerika, davor waren
wir in Afrika. Ich zeigte Robin die Welt der Armen und der Reichen", antwortete Hieronyma.

Paolo kratzte seinen kurzen Bart am Kinn:

„Nein, ich meinte euren Ursprung, die Werkstatt, aus der ihr kommt, in der jemand euch geschaffen hat!"

„So gesehen kommen wir aus einem Atelier in Unterretzbach."

„Un-terr-etz-bach?", stammelte Paolo, als müsste er ein Stück Holz zerhacken.

„Ja. Unterretzbach, ein Dorf im Norden Niederösterreichs, nahe der tschechischen Grenze! Renate hat uns geschaffen!"

„Aha. Renata! Wie hat sie es geschafft, dich fliegen zu lassen?"

„Dafür kann sie nichts. Sie ist Künstlerin und hat meinen Körper geformt. Meine Zauberkräfte entwickelte ich selbst und sie weiß eigentlich noch nichts davon. Sie wird wohl noch nach mir und dem kleinen Roboter suchen und das ganze Dorf wegen unseres Verschwindens in Aufruhr versetzen."

„Sehr interessant", murmelte Paolo, „meinst du, dass auch einem meiner Werke Zauberkräfte innewohnen?"

„Sehr unwahrscheinlich!", antwortete Hieronyma schnippisch, „ich bin ein Unikat!"

Paolo zeigte auf gläserne Körper, Rümpfe und

Köpfe, die in einem Holzregal an der Wand ruhten: „Das sind alles Unikate!"

„Du kannst ja warten, bis eines sich bewegt."

Paolo grinste: „Du bist doch nicht überheblich?"

„Nicht die Spur", versicherte Hieronyma und schwebte zu Paolos Werken.

„Ich fliege nicht gerne im Dunkeln. Können wir in deinem Atelier die Nacht verbringen?"

„Kein Problem. Wenn es euch nicht stört, dass ich noch arbeite und wahrscheinlich am Sofa schlafe."

„Vielen Dank für deine Gastfreundschaft! Wir brechen morgen früh auf und fliegen nach Hause. Wir werden dir nicht zur Last zu fallen."

„Ich will aber morgen nicht nach Hause! Ich will hierbleiben und mit Roberta zusammen sein! Wir schmieden gemeinsam einen Plan, wie die Menschen die Kluft zwischen Arm und Reich überwinden können und die Umwelt nicht zerstören", protestierte Robin.

„Wir müssen zurück zu unserer Künstlerin! Sie will uns nächste Woche in einer Galerie präsentieren. Diesen Wunsch können wir ihr nicht abschlagen, schließlich ist sie unsere Schöpferin!", beharrte Hieronyma auf ihrem Vorhaben.

„Ich will auch, dass Robin bei mir ist und wir unseren Plan gemeinsam fertigstellen", rief Roberta.

Paolo sah die beiden Roboter erstaunt an: „Wieso wollt ihr unbedingt zusammen bleiben? Ihr könnt doch jederzeit elektronisch miteinander kommunizieren! Ich habe den Wunsch nach Zusammenbleiben in Robertas Programmen nie vorgesehen und ich glaube nicht, dass dieser Wunsch in Robins Software verankert ist."

„Aber wir mögen uns!", riefen die beiden Roboter.

„Und wenn es nicht anders geht, fliege ich mit Hieronyma und Robin zu ihrer Künstlerin und ich werde bei der Ausstellung dabei sein. Wenn du dagegen bist, laufe ich mit Robin weg!"

„Meine Kraft reicht aber nicht aus, euch beide zu tragen!", seufzte Hieronyma.

Sie ließ sich wieder auf Paolos Werkbank nieder: „Es ist seltsam, wie die beiden sich verhalten. Sie sind doch Maschinen."

Paolo lehnte sich zu Hieronyma und flüsterte: „Ja, sie sind eigentlich nur Maschinen und es ist seltsam, dass sie einander mögen! Vielleicht liegt es an dir, an deiner Zauberkraft, dass die beiden plötzlich solche Zuneigung zueinander empfinden."

Paolo grübelte über die verfahrene Situation. Plötzlich sprang er auf und rief: „Ich habe eine Idee!"

Nur das Summen einer Mücke zerschnitt die Stille der Werkstatt: „Morgen früh nehmen wir die Fähre zu meinem Sohn nach Mestre. Er wird uns sein Auto borgen und wir fahren gemeinsam nach Unterretzbach. Ich möchte die Künstlerin kennenlernen und ihr bleibt beisammen!"

Die Roboter jubelten und Hieronyma strahlte: „Großartig! Bravo Paolo, eine wunderbare Idee!"

VIII Liebe

„Du musst fest gegen das Tor drücken, es klemmt ein wenig", flüsterte Hieronyma.

Renate erschrak, als ihre Schnecke, nach der sie tagelang gesucht hatte, an der Seite eines bärtigen Mannes durch den Hof schwebte: „Hieronyma, was ist mit dir geschehen? Du fliegst?"

„Darf ich vorstellen, der Herr an meiner Seite ist Meister Paolo aus Murano!"

Als sie ihren kleinen Roboter mit einem gläsernen Mädchen hinter Paolo sah, drohte die Künstlerin umzukippen.

Paolo schnappte einen Stuhl, stürzte zu ihr und stützte sie: „Prego Signora, prego si sieda!"

„Danke!", schnaufte sie, „können Sie mir erklären, was hier vorgeht?"

„Magia! Za-uber-kraft!", wisperte Paolo!"

Seelenruhig wackelten Roberta und Robin an ihnen vorbei und steuerten zielstrebig auf die offene Tür des Ateliers zu.

„Wir haben Fehler bei den Produktionsfaktoren gemacht. Dadurch stimmt das Ergebnis der Wertschöpfung nicht!", sagte Roberta, „Mit den Daten auf unseren Festplatten kommen wir da nicht weiter!"

„Im Stadl haben wir WLAN und wir können das Internet noch einmal durchforsten", entgegnete Robin.

„Was reden die beiden für wirres Zeug?", fragte Renate verblüfft.

Paolo zuckte mit den Schultern: „Ich glaube, sie wollen die Welt retten."

„Was Paolo vermutet, stimmt. Bitte entschuldigt mich jetzt, ich muss noch eine Sache in Ordnung bringen!", sagte Hieronyma und folgte den Robotern ins Atelier.

„Der Fehler liegt in der Gewichtung der immateriellen Güter", schloss Robin, „wir müssen das geistige Eigentum anders bewerten!"

„Sollen auch immaterielle menschliche Bedürfnisse wie Geborgenheit, Glück, Selbstverwirklichung und Liebe unsere Formeln beeinflussen?", fragte Roberta.

„Ja, schon. Aber das wird dann noch komplizierter. Glück kann ich mir ja irgendwie vorstellen, aber über Liebe zum Beispiel weiß ich gar nichts. Wikipedia meint, dass Liebe eine Bezeichnung für stärkste Zuneigung und Wertschätzung ist", sagte Robin.

„Da steht auch was von Begehren und von körperlicher Liebe. Ich weiß, wie die Menschen das machen, aber ich kann mir nicht vorstellen, wie das in unsere Berechnungen eingehen könnte", rätselte Roberta.

„Wir können uns nicht einmal richtig küssen!", murmelte Robin.

Roberta berührte seine gläsernen Lippen: „Ich würde gerne wissen, was die Menschen dabei fühlen."

Hieronyma schwirrte zu ihnen: „Robin, willst du, dass ich dir deinen Wunsch jetzt erfülle?"

Robin zögerte: „Eigentlich will ich gar nicht mehr reich und mächtig werden! Ich sah, was die Reichen den Menschen und der Erde mit ihrer Gier und ihrem Wachstumswahn antun und ich will nicht so werden wie sie. Ich bin so froh, dass du mir das gezeigt hast!"

Die beiden Roboter steckten ihre Köpfe zusammen und tuschelten.

Dann wandte Robin sich zaghaft an Hierony-

ma: „Darf ich mir etwas anderes wünschen?"

„Nur zu!", ermunterte ihn Hieronyma.

„Wir wollen wissen, wie die Liebe sich anfühlt!", rief Robin.

Nachdenklich kreiste die Schnecke durch den Raum und fädelte ihr Haus in die Eisenringe, aus denen Robins Brüder sie befreit hatten: „Dazu müsstet ihr leben und Menschen sein!"

„Dann will ich, dass wir leben und Menschen werden!"

Hieronyma leuchtete heller als die Sonne, grelle Blitze zuckten durch die Körper der beiden Roboter und eine Druckwelle warf sie zu Boden.

Robin lag neben der Werkbank und rieb seine schmerzenden Augen.„Danke Hieronyma!", flüsterte er der Schnecke zu, die erschöpft in den Ringen hing.

Roberta lächelte und beugte sich über ihn: „Wir leben! Durch unsere Adern fließt Blut und wir atmen! Wir sind Menschen!"

Robin richtete sich auf und küsste Roberta: „Es fühlt sich gut an!"

„Richtig gut!", raunte Roberta.

Renate und Paolo hatten es sich im Hof vor dem Stadl gemütlich gemacht. Sie aßen Käse und frisches Brot, tranken Wein, lachten und schmiedeten Pläne zu gemeinsamen Projekten.

Roberta und Robin tanzten freudestrahlend zu ihnen: „Wir verlassen euch und gehen unsere eigenen Wege! Wir werden die Menschen lehren, einander zu achten und mit den Schätzen der Erde sorgsam umzugehen!

Danke, dass ihr uns geschaffen habt!"

Renate schloss die Augen und schüttelte den Kopf: „Das ist nicht möglich, das geschieht nicht wirklich! Wer kann so etwas?"

„Die Liebe kann alles!", sagte Paolo und lachte.

Renate trank einen Schluck Rotwein und rief dem Liebespaar hinterher: „Zieht euch wenigstens etwas an Kinder, der nächste Winter kommt bestimmt!"

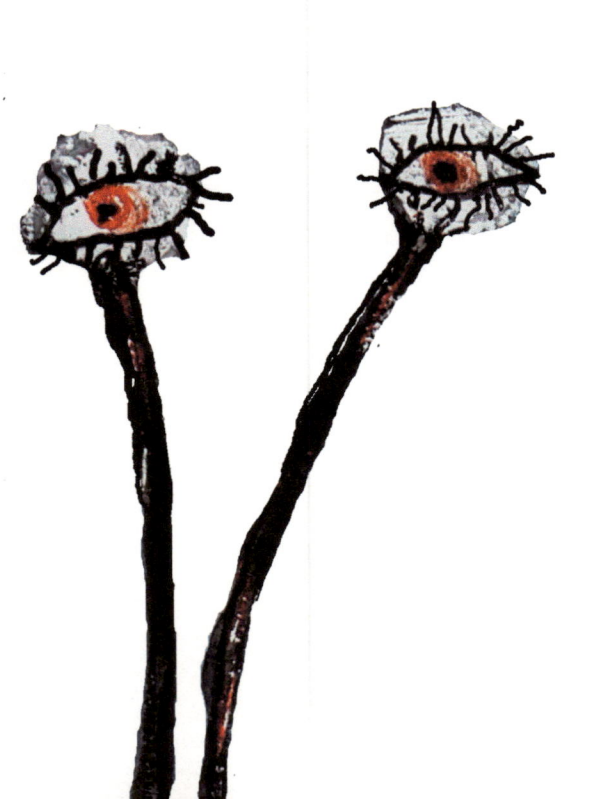